TOMÁS ESTÁ C

Editora: Anabel Jurado
Diseñadora Gráfica: Vanesa Villalba

Queda hecho el depósito que establece la ley 11.723
© 2010 by Margarita Mainé
© 2010 by EDICIONES URANO S.A. - Argentina
Paracas 59 - C1275AFA - Ciudad de Buenos Aires
info@uranitolibros.com.ar
www.uranitolibros.com.ar

1ª edición argentina
Octubre de 2010

978-987-1710-53-9

Impreso en Gráfica Pinter S.A.
México 1352/55 CABA

Impreso en Argentina. *Printed in Argentina*

Mainé, Margarita
   Tomás está con sueño / Margarita Mainé ; ilustrado por Marcela
Lescarboura. - 1a ed. - Buenos Aires : Uranito Editores, 2010.
32 p. : il. ; 21x21 cm. - (Pequeños lectores)

ISBN 978-987-1710-53-9

1. Narrativa Infantil Argentina. I. Marcela Lescarboura, ilus. II. Título
   CDD A863 928 2

Margarita Mainé

TOMÁS ESTÁ CON SUEÑO

Ilustraciones: Marcela Lescarboura

URANITO EDITORES

ARGENTINA - COLOMBIA - CHILE - ESPAÑA
MÉXICO - VENEZUELA - URUGUAY - USA

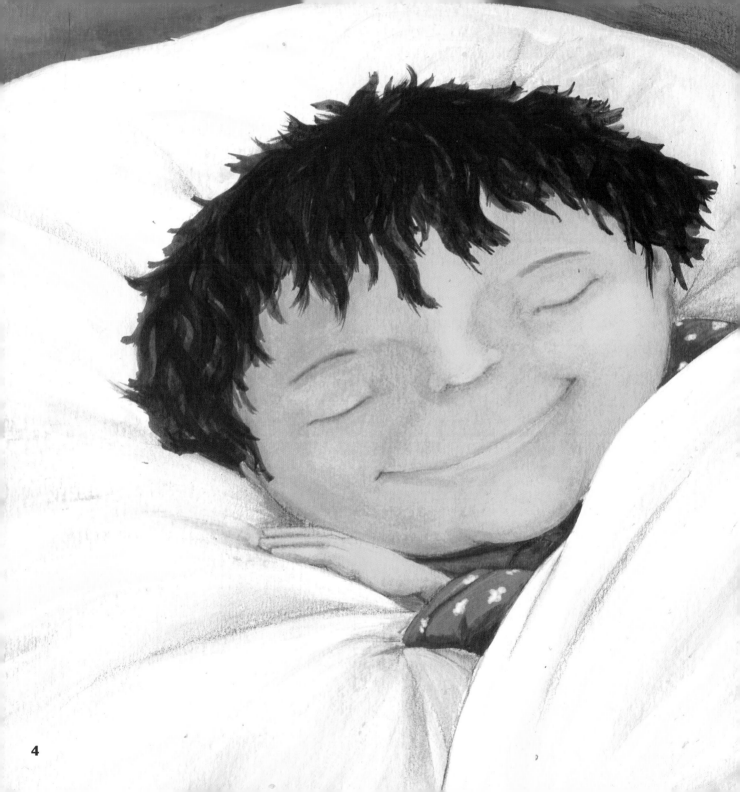

LA CAMA DE TOMÁS ES BLANDA Y CALENTITA. PARECE UN NIDO EN EL QUE SE SIENTE FELIZ COMO UN PICHÓN RECIÉN SALIDO DEL HUEVO.

PERO EN EL CUARTO DE SU MAMÁ, EL DESPERTADOR SUENA Y LO ARRUINA TODO...

LA MAMÁ SE ACERCA A DESPERTARLO CON
UN BESO, PERO SUEÑO LO TIENE
BIEN AGARRADO.

—¡ES HORA DE IR AL JARDÍN! —DICE ELLA EN CAMISÓN Y
LE HACE DOS COSQUILLAS.

TOMÁS SE ACURRUCA Y SUEÑO LE ACOMODA LA ALMOHADA PARA
QUE SIGA DURMIENDO.

DESPUÉS SE ESCUCHA EL RUIDO DE LA DUCHA Y A LA MAMÁ CANTANDO UNA CANCIÓN.

CON EL PELO MOJADO, LA MAMÁ DE TOMÁS SE ASOMA OTRA VEZ. AHORA TIENE UN VESTIDO VERDE PERO TODAVÍA ARRASTRA LAS PANTUFLAS. —DALE, TOMASITO —DICE ACARICIÁNDOLE LA CABEZA.

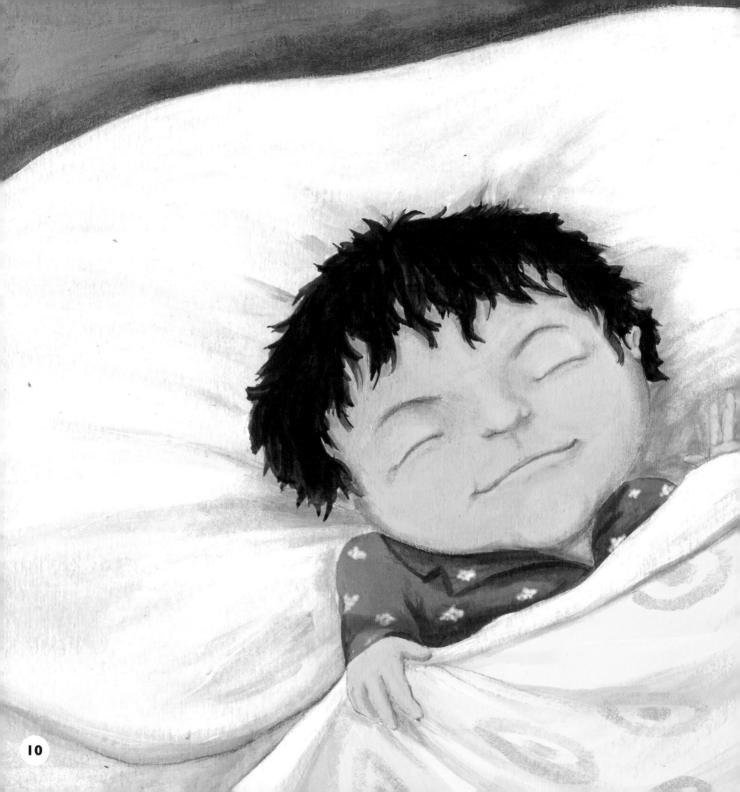

ELLA NO ENTIENDE. NO ES QUE TOMÁS NO
QUIERA LEVANTARSE... ES SUEÑO QUE LO TIENE
ATRAPADO ENTRE LAS MANTAS Y NO LO QUIERE
SOLTAR.

—BASTA, SUEÑO, DEJAME TRANQUILO —INTENTA DECIR TOMÁS
PERO NO LOGRA ABRIR NI UN OJO.

LA PAVA SILBA DESDE LA COCINA AVISANDO
QUE EL AGUA ESTÁ CALIENTE.

CUANDO LA MAMÁ VUELVE AL CUARTO, TIENE
PUESTOS LOS ZAPATOS Y SE SIENTE EL OLOR DE
LAS TOSTADAS.

—¡NO ME HAGAS ENOJAR! —DICE MIENTRAS SE
PINTA LOS OJOS FRENTE A UN ESPEJITO.

Y TOMÁS DA VUELTAS EN LA CAMA, PERO AHORA
SUEÑO LE SUSURRA UNA CANCIÓN DE CUNA AL OÍDO.

—DUÉRMASE MI NIÑO…

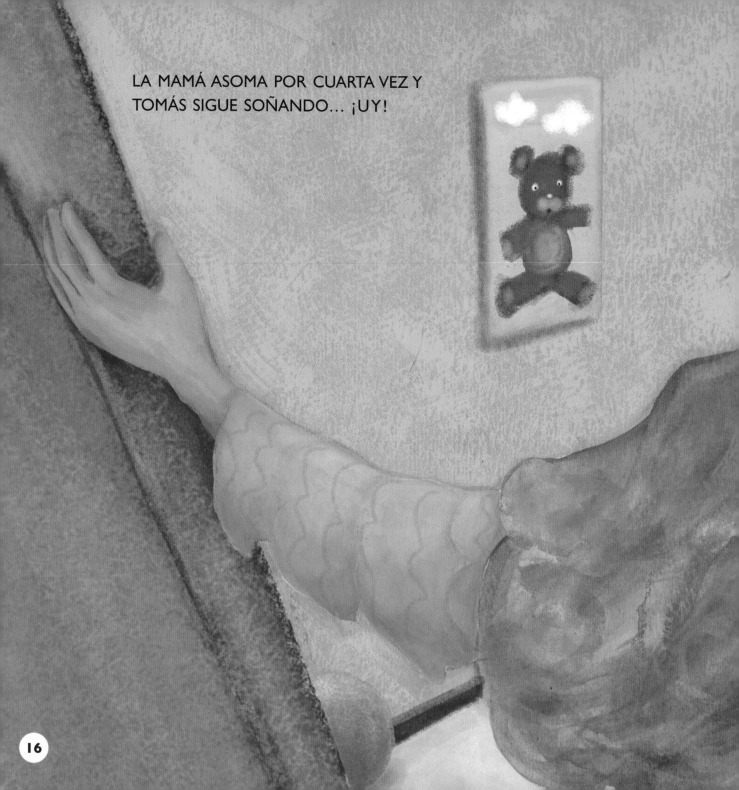

LA MAMÁ ASOMA POR CUARTA VEZ Y
TOMÁS SIGUE SOÑANDO… ¡UY!

¡QUÉ RARA SE PONE LA MAMÁ!
LOS DIENTES LE CRECEN...
LA NARIZ SE ENSANCHA...
LA PIEL CAMBIA DE COLOR...
LA VOZ DULCE SE CONVIERTE EN
UN TREMENDO VOZARRÓN:
—¡DESPERTATE! —RUGE DE PRONTO
Y EL CALOR QUE SALE DE SU BOCA
CHAMUSCA LAS SÁBANAS.

AHORA LA MAMÁ DE TOMÁS ES UNA DRAGONA ENORME QUE
INSISTE EN LEVANTAR A SU HIJO PARA LLEVARLO AL JARDÍN.
Y SE PONE A LUCHAR CON SUEÑO, QUE USA UN
ALMOHADÓN COMO ESCUDO Y LE TIRA CON LAS MEDIAS.

LA DRAGONA ATACA Y LE DESABROCHA EL PIJAMA A TOMÁS QUE SIGUE
CON LOS OJOS CERRADOS.
—¡JAMÁS PODRÁS VENCERME! —MURMURA SUEÑO MIENTRAS LA
DRAGONA FURIOSA PREPARA LA ROPA.

—TE DERROTARÉ —DICE ELLA ABRIENDO LA PERSIANA
Y LLENANDO EL CUARTO DE LUZ.
SUEÑO ESCONDE LA REMERA DE TOMÁS DEBAJO DE LA CAMA.

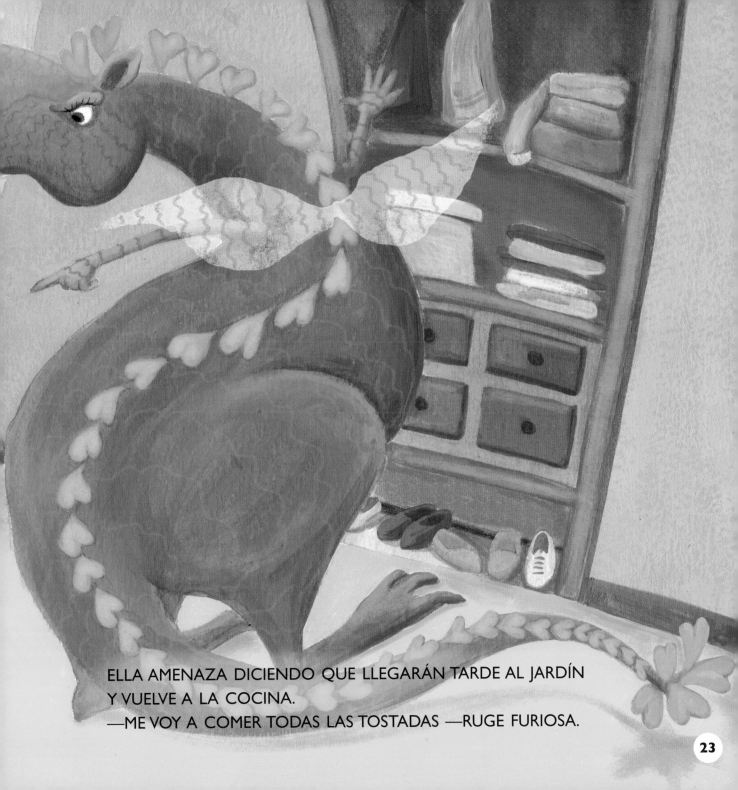

ELLA AMENAZA DICIENDO QUE LLEGARÁN TARDE AL JARDÍN
Y VUELVE A LA COCINA.
—ME VOY A COMER TODAS LAS TOSTADAS —RUGE FURIOSA.

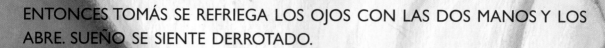

ENTONCES TOMÁS SE REFRIEGA LOS OJOS CON LAS DOS MANOS Y LOS ABRE. SUEÑO SE SIENTE DERROTADO.

TOMÁS LO ACARICIA Y LÓ ACOMODA DEBAJO DE SU ALMOHADA PARA QUE DUERMA TODO EL DÍA.

—HASTA LA NOCHE —LE DICE CON CARIÑO Y SUEÑO LE CONTESTA CON UN BOSTEZO.

DESPUÉS, TOMÁS VA HACIA LA COCINA.

¿ESTARÁ EL DRAGÓN DESAYUNANDO?
¿SE HABRÁ COMIDO LAS TOSTADAS?

SE ASOMA DESPACIO…

¡QUÉ ALIVIO!

SÓLO ESTÁ SU MAMÁ PONIÉNDOLE AZÚCAR AL CAFÉ.
—HOLA, MI AMOR —DICE SONRIENDO Y TOMÁS SE SIENTA A TOMAR LA
LECHE Y COMER LA TOSTADA CON DULCE.
PERO…

¿QUÉ ES ESO

QUE ASOMA

POR DEBAJO DE LA MESA?

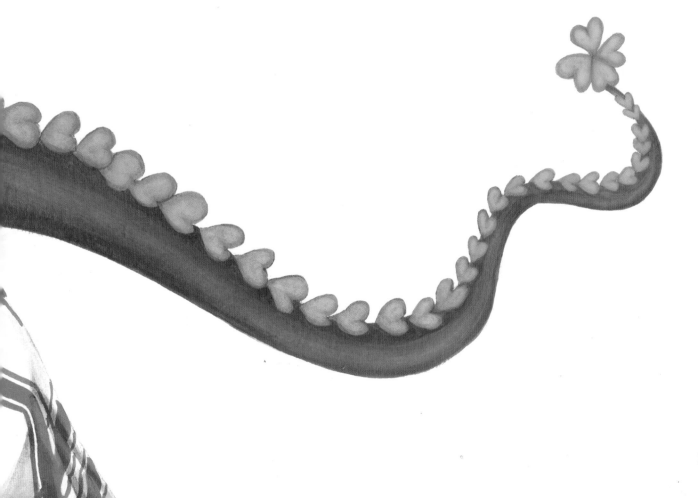

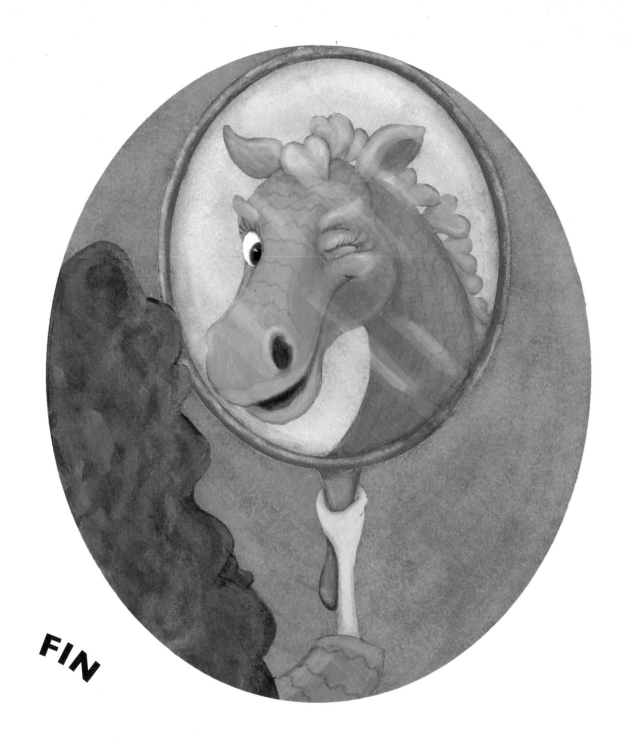

FIN